Friedel Weise-Ney

Johanna & Eric

Bibliografische Information der Deutschen Nationalbibliothek

Die Deutsche Nationalbibliothek verzeichnet diese Publikation
in der Deutschen Nationalbibliografie; detaillierte bibliografische
Daten sind im Internet über http://dnb.d-nb.de abrufbar.

1. Auflage, August 2020

Text © Wilfriede Weise-Ney
w.weiseney@googlemail.com

Alle Bilder © Maria Ganser
Gestaltung: Ralf Wolf | autorenservice.net

Herstellung und Verlag:
BoD – Books on Demand, Norderstedt

ISBN: 978-3-751983-61-7

Friedel Weise-Ney

Johanna
& Eric

Mit Bildern
von Maria Ganser

Maria Ganser, geb. 1955 im Kreis Viersen, lebt seit ca. 40 Jahren in Belgien. Mutter einer Tochter und eines Sohnes, zwei Enkelkinder. Studierte Kunst und Mathematik in Aachen. Seit ca. 20 Jahren unterrichtet sie psychisch kranke Kinder und Jugendliche.

Im Mittelpunkt ihrer Kunst stehen spontane Zeichnungen und Bilder, v. a. von Menschen. Teilnahme an verschiedenen Ausstellungen in Deutschland und Belgien, zuletzt im Kramer Museum in Kempen am Niederrhein.

Friedel Weise-Ney, Ärztin, Lyrikerin, Autorin und bildende Künstlerin (Malerei und Fotografie), Texte und Bilder von ihr sind in verschiedenen Anthologien erschienen.

2017 erhielt sie für eine Erzählung den ersten Preis zum Reformationsgedenkjahr von Kirche und Kultur Wiesbaden. Ihre Themen sind überwiegend biografische Geschichten traumatisierter Menschen, die an ihrem Schicksal nicht verzweifeln, sondern neue Wege suchen.

Außerdem erschienen sind: 7 Lyrik-, 4 Prosabände; sie ist Mitherausgeberin von zwei Anthologien, Webseite: www. weise-ney.com

Inhalt

Johanna

Der kleine Hof, in dem Johanna spielt, liegt umgeben von hohen Altbauten. Der letzte Krieg hat nur wenige der mit Erkern und Stuck verzierten Gebäude verschont. Wie übrig gebliebene Zähne in einem alten Gebiss schauten sie nach den Bombardierungen zwischen den Trümmern hervor, erzählte die Oma.

Manchmal hört Johanna die Häuser stöhnen, die alten Mauern knirschen, Holzbalken knarren und dann und wann fällt ein Stück Stuck mit Krach auf den Boden. Geht man vom Hof durch die Toreinfahrt auf die Straße hinaus, sieht man die Gipsfiguren an der Fassade über dem obersten Sims. Den meisten sind Arme und Beine abgebrochen, ihre stolzen Gesichter blicken zu den vorbeieilenden Passanten hinab.

„Wenn der erste Kopf runterkommt", hat Johanna zu ihrem Schulfreund Eric gesagt, „dann will ich hier weg, das ist ein Zeichen."

„Was meinst du mit Zeichen?", hat Eric gefragt.

„Oma sagt: Dass du nur noch ein Bein hast, ist ein Zeichen, eine Warnung eben. Ohne Beine kann man leben, aber nicht ohne Kopf."

Ganz oben, hinter den Dachluken und den bunten Ziegeln, das weiß Johanna von ihrer Oma, lagen früher die Dachkammern der Bedienste-ten. Das waren arme Mädchen, aber auch junge Männer vom Land, die in die Stadt mussten, weil sie auf ihren Dörfern keine Arbeit fanden. Später wurden dann aus den Kammern Wohnungen für ganz arme Familien, inzwischen wohnen hier Studenten.

Von Oma hat Johanna auch gehört, dass es früher nur ein Gemeinschaftsklo gab, im Treppenhaus. In der Waschküche im Keller ist Oma als Kind einmal in der Woche in den Waschbottich gesetzt und wie dreckige Wäsche geschrubbt worden. Zum Glück hat Johannas Familie jetzt ein eigenes Bad. Sie wohnt in der ersten Etage. Dort gibt es auch einen kleinen Balkon zum Hof und einen Erker nach vorne zur Straße. An den Erkerfenstern rattern die Straßenbahnen im Zehn-Minuten-Takt vorbei, nur sonntags kommen sie seltener. Wenn so eine Bahn vorbeifährt, dann zittern die Tassen im kleinen Wohnzimmerschrank, der ganze Boden bebt. Daran hat Johanna sich gewöhnt.

„Man kann sich an Lärm gewöhnen, wenn man ihn durchlässt und nicht festhält", sagt Johannas Vater immer, aber von seiner Arbeit als Schlosser ist er sowieso fast taub.

Ohne es zu wollen, achtet Johanna auf alle Geräusche. Da ist zum Beispiel das Husten und Schnäuzen der kranken Nachbarin. Das Brüllen und Fluchen des Hausmeisters ist ein Warnsignal zum Weglaufen. Dem Mann möchte Johanna nicht allein begegnen. Dann gibt es das Säuseln der Blätter vom alten Baum im Hof und das Geräusch der Schritte auf der langen Holztreppe. Am Knarren der Dielen kann Johanna unterscheiden, wer gerade durch den Flur geht: Der Hausmeister hat einen festeren Tritt als ihr Vater. Die Schritte der Nachbarin klacken schnell vorbei. In der Wohnung rutscht Oma mit ihren Filzpantoffeln über das Parkett, es klingt wie ein leises Schaben. Johanna gelingt es nicht, diese Geräusche durchzulassen. Sie muss sie in sich hineinlassen, durch ihre Trommelfelle, in ihre Hirnwindungen. Johanna glaubt, dass sich alle Töne im Gehirn verfangen und dort gespeichert werden. Sie spürt, dass all das Gespeicherte wieder hervorkommen könnte. Nichts lässt sich ausradieren oder – wie Oma meint – nichts kann uns für immer verlassen.

„Vielleicht setzt sich alles Erlebte so in uns fest", überlegt Johanna, „wie eine Schrift eingraviert wird in ein Stück Metall. Oder wie die Rillen in einer Langspielplatte."

Johannas Eltern haben im Wohnzimmer einen Plattenspieler, den nur ihr Vater bedienen darf. „Sonst geht der Saphir kaputt", sagt er.

Die Schlager und Operetten auf den Platten kennt Johanna inzwischen gut, viele Texte kann sie auswendig: „Mein allergrößter Lebenszweck ist Borstenvieh und Schweinespeck ... Ich bin die Christel von der Post ..."

Ihre Oma besitzt auch einige Platten, aber mit Liedern von Kirchenchören, da fällt das Mitsingen schon schwerer. Die Oma übt ihre Stimme beim Abspielen der Chorplatten. Sie kann die hohen Töne sehr lange halten.

„Notenlesen kann ich nicht, muss ich auch nicht, denn die Musik und die Texte habe ich oft genug gehört, die kommen von ganz allein", sagt Oma und singt eins ihrer Lieblingslieder: „Maria durch ein Dornwald ging ... da haben die Dornen Rosen getragen ..."

Im Hof gibt es ein kleines Stück Wiese, auf dem der riesige Kastanienbaum wächst. Neben den Stangen mit den Wäscheleinen liegen Steinhaufen und die modernden Holzbalken einer verfallenen Hütte. Hier stehen auch die Kaninchenställe.

Es ist fast immer schattig im Hof, trotzdem ist immer Betrieb: Tagsüber sitzen die Alten und die Hausfrauen auf ihren Küchenstühlen, putzen Gemüse fürs Mittagessen, trinken Kaffee, blättern in den Reklameseiten der Zeitungsbeilagen oder in alten Bestellkathalogen. Sie reden pausenlos. Für Johanna sind das vertraute Geräusche und Bilder. Ihre Oma schmatzt manchmal, die alte Nachbarin schlürft, der Hausmeister spuckt und flucht, ein Student singt in seiner Dachkammer, ein Baby weint. Die Frauen sprechen von ihren Träumen und von den Kleidern, die sie sich wünschen, aber nicht leisten können.

Johanna spielt manchmal mit der schwarzweißen Katze, die niemandem gehört. Sie lebt von den Mäusen im Hof und den Abfällen. Neulich hat der Hausmeister in einer Nische ihren Wurf gefunden. Johanna und ein paar andere Kinder waren dabei, sie wollten mit den Kätzchen spielen. Aber er holte einen Wassereimer und drückte die piependen Tiere unter Wasser. Die Kinder sahen zu, waren

gelähmt vor Entsetzen, sagten aber nichts. Sie halfen den Kätzchen nicht. Als der Hausmeister den Inhalt des Eimers auf den Komposthaufen leerte, fühlte sich Johanna schuldig. Sie pflückte Löwenzahnblüten und Gänseblümchen, die einzigen Blumen im Hof, und warf sie auf die toten Kätzchen. Der Hausmeister lachte und sagte: „So ist das eben im Leben, es sind zu viele da, die fressen wollen."

13

Die Kinder spielen auch mit den Kaninchen der Nachbarn. Johanna füttert sie und streichelt sie mit einem Finger durch das Gitter der Ställe. Kurz vor Weihnachten, das weiß sie, wird der Hausmeister

die Kaninchen wieder mit einem Stock auf den Kopf totschlagen. Er wird sie an die Kellertür hängen und ihnen das Fell abziehen wie letztes Jahr. Als er ihnen den Bauch aufschnitt, sind Johanna und die anderen Kinder davongelaufen. Alle haben Angst vor diesem hässlichen Mann. Wie er sie anstarrt und viel zu laut lacht. Der tritt auf alle Tiere, die ihm im Weg sind, ob Regenwurm, Schnecke oder Katze.

Im Hochsommer scheint mittags etwas Sonne in den Hof, dann strecken die alten Leute ihre Arme ins Licht und die Kastanie ihre Zweige in die Höhe, um die Wärme einzufangen. Der Himmel sieht dann aus wie die bemalte Gewölbedecke der Kirche. Dann spürt Johanna das Rattern der vorbeifahrenden Straßenbahnen nicht mehr, sie hört es leiser, gedämpfter.

Im Winter ist es im Hof nicht so kalt wie auf der Straße, deshalb bleibt der Schnee dort nie liegen, das ist schade. Gern hätten die Kinder hier einen Schneemann gebaut, stattdessen spielen sie Verstecken zwischen den Holzbalken, gestapelten Ziegeln und Steinhaufen, manchmal machen sie dort auch ein kleines Feuer und rösten darin Brot und Kartoffeln.

Laub und Schnee fallen leise, Kastanien und Äste knallen laut, der Baum kann sprechen, meist ist es nur ein Knistern, eine Geheimsprache, die Johanna aber versteht. Verstehen auch die Vögel diese Sprache der Bäume?

Eines Tages werden in den Dachwohnungen Flüchtlinge aus dem Osten einquartiert.

„Russlanddeutsche", sagt die kranke Nachbarin und hustet. „Nur weil sie Großeltern aus Deutschland hatten oder weil ihre Großeltern Juden waren, wollen die jetzt bei uns leben. Die denken wohl, unsere Kühlschränke wären voller als ihre."

Mehrere Familien müssen sich eine Wohnung teilen. Sie kommen ohne Möbel, ohne Hausrat, nur mit ihren Koffern. Der Pfarrer und einige Gemeindemitglieder bringen ihnen Matratzen, Wäsche, Geschirr und Lebensmittel. Der Lärm im Haus wird größer, eine fremde Sprache und unbekannten Musik mischen sich mit den vertrauten Tönen. Das findet Johanna interessant, sie sitzt auf einer der Holzstufen im Treppenhaus und lauscht. Aber mit den Kindern der Neuen kann sie sich nicht gut unterhalten, die sprechen kaum Deutsch. Sie tragen geflickte Kleider, riechen nach Schweiß, Zwiebeln und Mottenkugeln. Vater hat gesagt, dass viele von ihnen einen fremden Glauben haben, nur wenige die Kirche in der Stadt besuchen.

„Sie passen nicht zu uns", meint Vater, „sie wären besser dort geblieben, wo sie herkommen."

An einem der folgenden Sonntage kommt eine dieser „Heimatvertriebenen", wie Johannas Oma sie nennt, mit Mohnkuchen und Likör in den Hof und setzt sich zu den anderen Frauen. Sie spricht fast fehlerfreies Deutsch, erzählt, warum sie die Heimat verlassen mussten und dass sie Arbeit suchen. Ab diesem Zeitpunkt ermahnt Oma Johanna und die anderen Kinder: „Seid nett zu den Fremden, die hatten es schwer."

„Aber warum sind sie ausgerechnet zu uns gekommen?", will Johanna wissen.

Oma meint: „Es gibt leider nie Frieden und irgendwo müssen sie doch leben."

Johannas Schulfreund Eric, der eine Beinprothese trägt, weil eine Straßenbahn ihm das Bein „abrasiert hat", wie er jedem erzählt, wohnt in einem der Häuser auf der gegenüberliegenden Stra-

ßenseite. Er geht mit Johanna in die gleiche Klasse der Volksschule und ist dort bekannt wie ein bunter Hund.

Schließlich versteckt er sein künstliches Bein nicht, im Gegenteil. Manchmal scheint er richtig stolz zu sein, dass er kein echtes Bein mehr hat, dann geht er absichtlich in kurzen Hosen. Dann sieht man, dass sein Schuh von einem Stab aus Stahl gehalten wird.

Eric ist immer sehr blass, auch im Sommer, seine Haut ist so weiß wie die chinesische Porzellanvase auf dem Wohnzimmerschrank. Sein Haar ist dunkel, seine Augen blicken ernst, wie ein tiefes Wasser. Als Johanna ihn das erste Mal gesehen hat, hat sie gedacht, er sei aus Glas, und nur die Beinprothese, die er allen Kindern voller Stolz zeigte, sei aus Stahl.

„Aus Fleisch ist wohl nichts an dem?", hat sie gedacht.

Als sie ihn mit der Zeit besser kennenlernt, fällt ihr besonders sein Mund auf, denn Eric hat rosa Lippen. Er kann damit Worte formen, als wären sie etwas Kostbares. Manche Alltagssätze klingen aus seinem Mund wie eine Melodie, ein Gesang.

Ist sie verliebt in ihn, weil er aussieht wie einer der Engel auf dem Bild über Omas Bett: blond und

durchsichtig? Johanna träumt manchmal von Eric, fliegt mit ihm über die Mauern und die Straßen der Stadt, weit in die Berge hinaus, an einen See. In ihren Träumen hat Eric immer heile Beine. Und Flügel. Auch sie hat Flügel. Beide tragen sie lange Kleider wie Messdiener.

Die verfallene Hütte im Hof, in der die Kinder sich manchmal verstecken und in der die Kätzchen lagen, soll einmal ein Schweinestall gewesen sein.

„Dort haben sich während des Krieges zwei jüdische Kinder versteckt", erzählen die Erwachsenen im Hof. „Bruder und Schwester. Sie lebten ne-

ben drei Schweinen, dicht an dicht, aßen ihr Futter, kamen nur nachts heraus und wuschen sich und ihre Kleidung heimlich im Keller."

„Einer der Bewohner muss sie verraten haben", sagt Oma, „denn sie waren plötzlich weg."

„Unsinn", meint die Nachbarin, „hier gibt es keine Verräter. Sie sind sicher an einen besseren Ort geflohen, schließlich will niemand jahrelang in einem Schweinestall leben."

Oma antwortet: „Aber wir sind doch auch noch hier, obwohl alle immer sagen, diese Sozialwohnungen sind Schweineställe!"

Beide lachen so laut und lange, dass Johanna weggeht.

Später erzählt Mutter ihr, dass die Geschichte von den beiden jüdischen Kindern im Schweinestall eine Erfindung der alten Hauseinwohner sei.

„Die wollen sich damit reinwaschen, denn sie haben den jüdischen Nachbarn im Krieg nicht geholfen, im Gegenteil, sie haben noch ihren Hausrat gestohlen. Wenn du in den alten Schränken und Truhen nachschaust, findest du unter Garantie etwas von dem Diebesgut."

Johanna ist entsetzt. Dann hat sogar Oma gelogen? Und auch gestohlen?

Wenn Johanna den Erwachsenen nicht mehr trauen kann, dann stimmt womöglich auch Erics Beingeschichte nicht?

„Er ist vielleicht schon ohne Bein zur Welt gekommen", überlegt Johanna, „und nun schämt er sich und erzählt das mit der Straßenbahn. Vielleicht ist es eine erbliche Belastung?"

Die Worte „erbliche Belastung" gehen Johanna durch den Kopf, seit ihr Lehrer neulich erzählt hat: „Die erblich Belasteten wurden in der Nazizeit weggesperrt.". Er hat den Schülern nicht erklärt, was mit ihnen dann geschah. Johanna grübelt schon mehrere Tage über die Worte nach und fragt schließlich den Pfarrer, der ein schlauer Mann ist.

„Die Sache mit dem Vererben bedeutet ganz einfach", meint er, „dass alle Lebewesen mit ihren Verwandten, zum Beispiel ihren Kindern, Eltern und Enkeln viele Dinge gemeinsam haben: zum Beispiel die Körpergröße, die Haarfarbe, die Gesichtsform. Das gilt auch für Tiere und Pflanzen. Trotzdem sind wir alle einzigartig. Alle Menschen haben von Gott einen anderen Stempel erhalten. Wir haben zum Beispiel alle andere Muster auf unseren Fingerkuppen"

„Und was heißt, wir sind belastet?", will Johanna wissen.

„Das heißt, wir tragen manchmal eine Krankheit in uns, die wir an unsere Kinder weitergeben, eben vererben können. Aber das ist doch nicht schlimm: Wenn wir alle zusammen, also auch die Gesunden, diese Menschen mit durchs Leben tragen, dann ist die Last für die Familien doch viel kleiner."

Am nächsten Tag begegnet ihr Eric auf dem Weg zur Schule.

„Sag mal, Eric", fragte Johanna ihn, „ist dein Bein eigentlich wirklich durch einen Unfall verloren gegangen? Oder hast du noch nie ein rechtes Bein gehabt? Oma hat neulich von Kindern erzählt, die durch die Schuld der Pharmaindustrie ohne Arme oder Beine geboren werden."

Eric schaut sie mit seinen großen Wasseraugen an und lächelt.

„Es war die Straßenbahn, ich bekomme sogar eine kleine Rente deswegen."

Als sie später im Klassenzimmer von ihrem Platz aus zu Eric hinübersieht, schämt sich Johanna für ihre Frage.

„Es ist doch egal, warum ein Mensch ein Bein verliert, wichtiger ist es doch, wie man ihm helfen kann", denkt sie.

Als Johanna und Eric von der Schule nach Hause gehen und in ihre Straße einbiegen, hören sie schon von Weitem den Hausmeister einem Pas-

santen hinterherschimpfen. Dessen Hund hat einen Haufen auf den Gehweg vor dem Haus hin-
terlassen. „Die Sauviecher machen mehr Lärm als
Kinder und jetzt verkacken sie auch noch die Stadt.
So ein Gesindel ...“

Rasch wechseln Johanna und Eric die Straßen-
seite. Sobald die Straßenbahnen zwischen ihnen

und dem wütenden Mann hin und her fahren, fühlen sie sich besser.

Neulich ist er ihnen in den Hof nachgeschlichen und hat dann eine Gruselgeschichte erzählt, von einem alten Mann, der sich im Keller aufgehängt hat. Danach hat er so scheußlich gelacht. Wenn er allein mit seinen Zigaretten und seinem Schnaps ist, dann spricht er auch mit sich selbst und brummt komische Melodien.

„Ja, er klingt wie ein Wolf, der den Mond anruft", sagt Eric.

„Woher willst du wissen, wie ein Wolf ruft?", fragt Johanna.

„Das war im Kino, in dem Tierfilm neulich", sagt er.

„Vielleicht ist heute Vollmond und der Hausmeister spürt es", überlegt Johanna laut.

„Dann sollten wir heute Abend mal aus dem Fenster schauen."

In der Nacht träumt Johanna von einem Wolf, der wie der Hausmeister aussieht, er stürzt sich auf sie und beißt ihr in die Beine. Eric erscheint auch im Traum. Er sagt: „Nun bekommst du sicher Tollwut und dann bist du auch ein Wolf. Denn wer von einem wilden Tier angefallen wird, der wird selbst zu einem wilden Tier."

Johanna erwacht nass geschwitzt und überlegt lange, was der Traum bedeuten soll. Ist das Böse ansteckend?

Am nächsten Tag beginnt Johanna auf dem Weg zur Schule zu hinken. Sie hat kein Gefühl in ihrem rechten Fuß. Wie rollt man mit dem Schuh ab, wenn man gar nichts fühlt? Stampft man dann, stolpert man vielleicht?

„Was hast du am Bein?", fragen ihre Klassenkameraden.

Zu Hause meint die Mutter besorgt. „Du musst zum Arzt, gleich morgen!"

Da gibt sie das Hinken für kurze Zeit wieder auf, aber wenige Tage später fängt sie wieder an. Es geht ganz automatisch, ohne Absicht. Es ist wie verhext, ihr rechtes Knie knickt immer wieder ein. So kann sie nicht am Sportunterricht teilnehmen.

Auf dem Pausenhof schlägt ihre Freundin Beate ihr auf die Schulter und meint: „Wenn du beachtet werden willst, dann nützt dir das Hinken auch nichts. Zieh dir lieber endlich eine Hose an. Deine Röcke sind ja richtig altmodisch!"

Aber wie bringt man seine Eltern dazu, eine Jeans zu kaufen? Die sind teuer und laut ihrer Mutter „nichts für Mädchen". Zum Glück kennt Beate einen Laden, der gebrauchte Kleidung verkauft, dort probieren die beiden Mädchen einen Nachmittag lang Jeans an. Die engsten kaufen sie günstig und ziehen sie am nächsten Schultag kurz vorm

Unterricht in der Schultoilette an. Sie müssen sich dabei gegenseitig helfen und sogar auf den Boden legen, so eng sind die Hosen. Niemals hätten Johannas Eltern es erlaubt, dass sie so in die Schule geht. Die Jungs sind begeistert, sie machen Witze und gehen ganz nah vorbei und zwicken sie in den Po. Das gefällt Johanna, auch wenn sie sich laut darüber beschwert. Und Eric? Der tut so, als wäre alles wie immer und lächelt in sich hinein.

Nach den Herbstferien ist eine neue Musiklehrerin an der Schule. Sie quält die Kinder mit dem Studium von Noten, sie will, dass jeder Schüler ein Instrument lernt.

Schon in der ersten Woche bringt die Lehrerin viele verschiedene Kästen mit Musikinstrumenten mit und will, dass jedes Kind sich ein Instrument aussucht und es ausprobiert. Es sind gebrauchte Instrumente, manche sind extra für Kinder gemacht wie die Geige, die kleiner ist als eine normale Geige. Es gibt da auch Trommeln und Flöten und Gitarren und ein Xylophon. Johanna greift sich eine Gitarre und zupft an ihren Saiten, da kommt die Lehrerin mit einem kleinen Metallstück angelaufen und zeigt ihr, welche Klänge man damit dem Instrument entlocken kann.

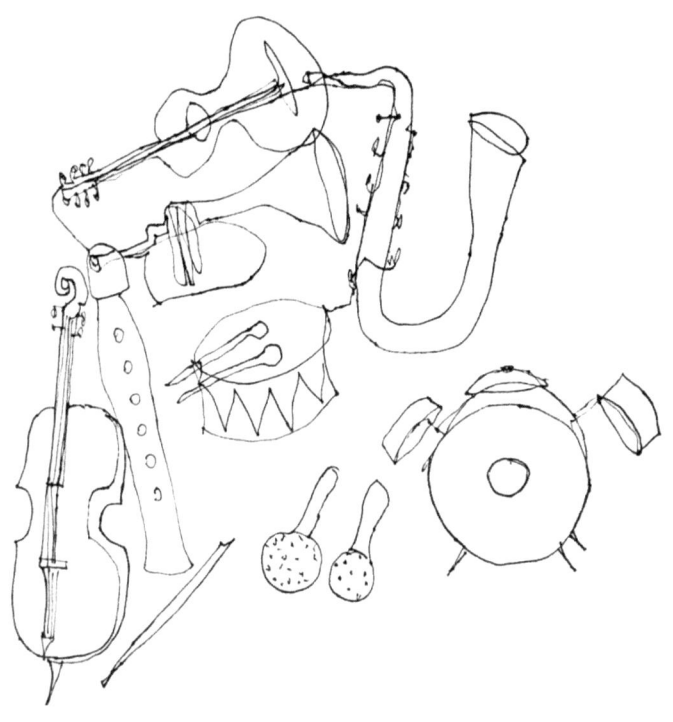

„Das ist keine Gitarre", klärt sie Johanna auf, „sondern eine Mandoline. Die spielt man viel in südlichen Ländern wie in Italien. Sei vorsichtig, sie ist von den mitgebrachten Instrumenten bestimmt am meisten wert."

Johanna, die begeistert an den Saiten zupft, lässt die Mandoline vor Schreck fast fallen.

„Versuche es ruhig weiter", ermuntert die Lehrerin sie.

Johannas Finger wandern an den Saiten rauf und runter, sie drückt und lässt los. Es kommen immer wieder andere Klänge aus dem Bauch der Mandoline. Johanna ist so vertieft, dass sie nicht bemerkt, wie still es um sie wird. Erst, als sie eine Pause macht, sieht sie, dass die Mitschüler und die Lehrerin ihr zuhören.

„Sehr gut, nun haben wir schon drei Musiker ausfindig gemacht", sagt die Lehrerin und deutet auf Johanna und Thomas, der eine Geige unterm Kinn hält. Und auf Eric, der mit einer Trommel im Arm auf der Bank sitzt.

„Jetzt lasst uns noch die Flötistinnen aussuchen. Traut euch, ihr beiden!", ruft sie den Zwillings-mädchen zu.

Die blasen gleichzeitig drauflos, es klingt entsetzlich, alle halten sich die Ohren zu.

Die Lehrerin schaut streng in die Runde: „Das wird schon noch, alles ist nur eine Frage der Übung, Puste habt ihr beiden Mädchen genug!"

Am Ende der Musikstunde schlägt die Lehrerin Johanna vor, dass sie die Mandoline ausleihen und bei ihrem Mann, einem Profimusiker, günstig Musikstunden nehmen könnte.

Begeistert erzählt Johanna ihren Eltern davon, aber die sagen: „Das ist doch nur ein unnützes Hobby. Lern lieber nähen und kochen."

Oma nimmt die weinende Johanna beiseite und steckt ihr Geld zu.

„Aber fleißig musst du sein!", verlangt sie, „Dann kannst du mir auf der Mandoline vorspielen!"

Das Haus, in dem das Musikerehepaar wohnt, liegt am Stadtrand. Es gibt dorthin weder eine Straßenbahnlinie, noch hält ein Bus in der Nähe, Johanna muss fast eine Stunde zu Fuß laufen. Sie hätte das Fahrrad ihrer Mutter ausleihen können, aber sie denkt: „Wenn ich die Mandoline dann mitnehmen kann, wie versprochen, dann falle ich mit dem Rad vielleicht hin und sie geht kaputt."

Am Ende einer dunklen Kastanienallee liegt das Haus, es ist ganz aus Holz gebaut, man sieht noch einige Farbreste, es war sicher einmal rot gestrichen. Einige Kletterpflanzen wachsen bis zum Schornstein, so als wollten sie das Haus ganz einnehmen.

Beim Näherkommen hört Johanna die Musik, ist das eine Geige? Direkt vor der Haustür scheint das ganze Haus von den Klängen zu vibrieren wie ein großer Geigenbauch.

Ein freundlich blickender Mann öffnete ihr. „Du bist sicher die Johanna, komm doch bitte herein und setz dich, wir sind bald fertig."

Johanna hängt ihren Mantel an die Garderobe, neben der gerahmte Fotografien hängen: von dem Mann mit Geige, auf einem Foto hat er einen Zopf, und von ihrer Lehrerin am Klavier.

Ein junger Mann mit Geigenkasten unterm Arm läuft an ihr vorbei zum Ausgang und grüßt freundlich.

Johanna ist ganz aufgeregt, ihre Beine zittern, als sie der Musiker ins Übungszimmer führt. Der Raum ist hell beleuchtet, man kann aus einem großen Fenster in den Garten sehen. Die großen Bäume sind jetzt fast kahl, die untergehende Sonne wirft rötliches Licht in den Raum. Es riecht nach Bohnerwachs wie in Omas Zimmer.

„Ich heiße Robert", sagt der Mann und gibt Johanna die Hand. „Und hier haben wir die Mandoline, die du ja schon aus der Schule kennst." Er öffnet einen Kasten und reicht ihr das Instrument.

Zu ihrer Überraschung will er, dass sie in der ersten Musikstunde einfach so drauflos spielt, ohne Noten. Dafür bringt er ihr lediglich wenige Griffe bei.

„Du bekommst ein Gespür für das Instrument, wenn du erstmal nur herumexperimentierst, lass deine Gefühle sprechen durch die Musik. Stell dir vor, sie ist eine fremde unbekannte Sprache, die nur du verstehst."

„Also so eine Art Geheimsprache", denkt Johanna. Das gefällt ihr.

Nach der vierten Musikstunde, in der Robert ihr verschiedene Mandolinenstücke vorgespielt hat und Johanna danach frei spielen durfte, schenkt er ihr zwei Konzertkarten.

Wen soll ich mitnehmen, überlegt Johanna auf dem Heimweg. Am liebsten würde sie Eric fragen, aber der ist in letzter Zeit so einsilbig geworden. Oma vielleicht?

Da Oma an dem Abend schon eine andere Verabredung hat, fragt Johanna schließlich Beate. Die beiden Mädchen kaufen sich in dem Secondhandladen billige Ketten und ziehen dazu ihre besten Kleider an. Johannas Vater fährt sie bis zur Konzerthalle und will sie auch wieder abholen. Auf der Hinfahrt reden Beate und Johanna aufgeregt durcheinander, noch nie waren sie in einem Konzert. Auf der Rückfahrt ist Johanna ganz still, die Musik ist noch in ihr.

„Nicht nur im Kopf, sondern überall, auch in der Haut, die kribbelt, auch im Flimmern vor den Augen", denkt Johanna. Sie überhört die Fragen ihres Vaters und die Antworten ihrer Freundin. Während der Aufführung hat sie ständig auf den jüngeren Geiger geschaut, den sie einmal im Haus des Musikerehepaars gesehen hat. Nun spukt er in ihrem Kopf herum, genau wie die Musik.

Zu Hause übt sie mit der Mandoline, aber keine Musik vom Notenblatt, sondern aus dem Bauch, wie es Robert ihr gesagt hat.

Sie kennt das Instrument bald so gut, dass es ihr auch gelingt, Melodien auswendig zu lernen und wiederzugeben. Dann hört Oma gerne zu und gibt Johanna das Geld für die nächsten fünf Unterrichtsstunden.

Aber am liebsten spielt sie einfach so, was sie gerade fühlt und denkt.

Denkt sie an den jungen Geiger aus dem Orchester, dann klingt die Mandoline dunkel und traurig, denkt sie an Beate und die engen Jeans, dann beginnt die Mandoline zu lachen und zu beben. Denkt sie an Eric, ist es wie ein Gewitter in der Mandoline und es regnet und stürmt um sie herum.

„Ich denke, es wäre gut, wenn du jetzt doch auch Noten lernen würdest", sagt Robert in der nächsten Unterrichtstunde, als sie ihm vorgespielt hat. „Dann könntest du auch deine eigenen Melodien aufschreiben und immer wiederholen."

„Sie meinen also, das wäre so eine Art Tagebuch, das man später wieder lesen kann?", fragt Johanna.

„Genau, dann hast du die Melodie festgehalten und kannst sie jederzeit wieder lesen, wie eine Geschichte, sie geht nicht verloren."

„Aber eine Geschichte kann doch auch einfach so weitererzählt und aufbewahrt werden, ohne Aufschreiben, wie ein Märchen zum Beispiel. Dieselbe Geschichte ist dann vielleicht manchmal länger, manchmal kürzer", sagt Johanna und denkt an Oma.

Robert antwortet: „Besser könnte ich es auch nicht ausdrücken. Man nennt das ‚Interpretation eines Musikstücks'. Du musst deine Musik natürlich auch nicht aufschreiben. Erzähle sie immer wieder, immer wieder anders! Das machen auch Jazzmusiker."

Johanna nickt. An diesem Abend legt sie die Mandoline neben sich ins Bett und streichelt über ihren gewölbten Holzbauch.

Sie stellt sich vor, wie sie auf einer Bühne spielt, wie der junge Geiger im Publikum sitzt und klatscht und klatscht. Mit der Mandoline im Arm schläft Johanna ein.

Nach ihrem Realschulabschluss stand die sechzehnjährige Johanna vor der Wahl, das Abitur zu machen oder eine Ausbildung zu beginnen.

„Ich will es mit der Musik versuchen", kündigte sie zu Hause an, Robert hatte ihr ein Vorspielen auf der Musikhochschule organisiert.

„Du willst doch nicht etwa Hungerkünstlerin werden?", warnten die Eltern.

Nach ihrem Auftritt in dem kleinen Saal der Musikhochschule meinte der Vorsitzende der Prüfungskommission zu ihr: „Du bist begabt, aber noch nicht reif genug für das Studium. Du kannst dich ja nach dem Abitur mit mehr Notenkenntnissen wieder vorstellen."

Johanna traten Tränen in die Augen. Vor dem Gebäude musste sie sich gegen die Wand lehnen, ihre Knie zitterten. Eine ganze Weile stand sie wie angewurzelt auf dem Gehsteig, traute sich nicht nach Hause. Dann ging sie mit dem Mandolinenkasten auf die benachbarte Brücke und wollte in den Fluss springen. Aber es kamen zu viele Menschen vorbei, darunter viele Studenten, die lachten und Scherze machten. Wie sollte sie diese Niederlage nur Robert erklären?

Aber als er es später von ihr erfuhr, war er sehr nett zu ihr und machte ihr Mut, weiter zu üben. Trotzdem war mit dem Schulabschluss jetzt auch das Ende des Musikunterrichts gekommen. Sie musste eine Lehre beginnen, hatte keine Zeit mehr,

um zu üben, sie musste schweren Herzens die geliehene Mandoline zurückgeben.

Erst viel später – nach einer Ausbildung zur Krankenschwester und nach langen Jahren mit viel Schichtdienst und wenig Freizeit – kauft Johanna sich ihre eigene Mandoline. Darauf spielt sie jetzt wieder. Bei einem Auftritt von Freunden, die Gedichte vortragen, spielt sie eigene Stücke. Sie spielt eine Amsel, die nicht mehr fliegen kann, weil die Katze ihr einen Flügel gebrochen hat. Sie spielt einen Hund, der in den Fluss sprang, um einen Ball herauszuholen und es nicht geschafft hat. Sie spielt ein Gewitter, das über der Stadt tobt und in dem wie ein Schatten Eric auftaucht.

„Unsinn, alles Quatsch, das gibt es doch nicht!", meint ihre Mutter, als sie ihr im Altenheim die Aufnahme mit ihren Musikstücken vorspielt. „Spiel doch mal was Schönes, wie den Zigeunerbaron."

Eric

Eric hat schon lange nichts mehr von Johanna gehört. Das letzte was er hörte war sehr traurig. Sie
spielt nicht mehr. Klar, ihm hatte ihr Spiel auf der
Mandoline nie richtig gefallen, aber er wusste, es
war eine besondere Art von Musik, die er eben
nicht verstehen konnte. Johanna hat irgendeine
Ausbildung begonnen, nicht studiert. hoffentlich
geht es ihr gut.

Er selbst fand sich immer völlig unmusikalisch. Seit er mit den Eltern in eine andere Stadt gezogen war, hat er die höhere Schule besuchen können. Nach dem Abitur begann er mit dem Germanistikstudium, denn er liest viel und hat sogar eigene Geschichten geschrieben. Eine der Geschichten handelt von Johanna, einem besonderen Mädchen.

Er kommt gerade von einem Abendseminar an der Universität zurück. Sein gesundes Bein fühlt sich schwer an, schwerer als das kranke. Er hinkt und rutscht immer wieder aus, der Weg ist heute matschig und glatt. Es hat den ganzen Tag geregnet. Vom Bus sieht er nur noch die Rücklichter. Um diese Zeit kommen die Busse nur noch alle Stunde vorbei. Es hat wieder angefangen zu regnen. Er überlegt gerade, ob er ein Telefonhäuschen zertrümmern soll, um hineinzukommen, um nach Hilfe zu telefonieren. Aber er brüllt erstmal kräftig los vor Zorn. Er war zu langsam, der Bus zu schnell, das Telefonhäuschen ist kaputt, sein Handy liegt zuhause . „Hilfe, zum Donnerwetter, warum kommt hier kein Arsch vorbei!" In letzter Zeit vergaß er dauernd etwas. Sein Professor überzog regelmäßig die Seminarstunde, das war ungerecht. Die anderen Studenten hatten Fahrräder und Autos. Eric war der einzige, der den Bus nehmen musste. Niemand achtet auf einen wie ihn. Er ist für die meisten Studenten eben nur ein Krüppel und Oberschlaumeier. Den dunklen Weg allein zurück zum Gebäude will er nicht gehen, er hat Angst. Eigentlich hat er seit dem Unfall damals immer Angst. Nur mit Johanna fühlte er sich sicher. Das Seminargebäude ist sicher schon abgeschlossen und die Studenten schon weg, da kann er nicht auf Hilfe hoffen. Seine Arme werden von Jahr zu Jahr schwächer, trotz Krankengymnastik.

Auf sein Winken hin, hält kein Auto. Einige Fahrzeuginsassen winken sogar zurück. Plötzlich hält mit quietschenden Reifen ein kleiner Bus. Max, der Fahrer, sah ihn winken neben dem Telefonhäuschen und hielt.

Das Einsammeln eines hilflosen Menschen war für die Pfadfindergruppe eine freudige Abwechslung und die erste gute Tat an diesem Tag. „Im Sommer geht es wieder an den Bodensee", sagte Max während der Fahrt mit Blick auf das steife Bein von Eric, „willst du vielleicht mitkommen?"

Erics Augen weiteten sich. „Ist das ernst gemeint?" fragte er. „Klar kann ich, aber nur in den Semesterferien."

Zuhause lag er im Bett und blickte auf eins der vielen Ölgemälde, mit denen sein ganzes Zimmer einschließlich der Decke ausgekleidet ist. Sein Vater hatte sie ihm an die Wände getackert. Die Bilder sind Geschenke von einem jungen Maler, den er in der Klinik kennengelernt hatte. Es sind Bilder verschiedener Landschaften am Wasser, von Wellen in Flüssen, Seen und Meeren, unterschiedliche Blautöne schillern je nach Lichteinfall über ihm. Eigentlich sollten die Bilder wie ein Ausschnitt einer Unterwasserwelt oder ein Blick in ein Aqua-

rium sein, aber es fehlen die Fische. Wenn er die
Augen zukneift, hat er den Eindruck unter Wasser
zu schweben, dann öffnet er sie und er schwebt im
Himmel.

Unterm Bett liegen in einer Mappe Aktzeich-
nungen, die er von dem jungen Künstler geschenkt
bekommen hat. Es sind schöne junge Frauen abge-
bildet. Die Bilder schaut er sich manchmal heimlich an. Danach träumt er von dem jungen Akt-
model auf einer der Zeichnungen. Was genau er
träumt, hat er niemandem erzählt, denn er schämt

sich. Noch nie hat er ein Mädchen geküsst. Durch einen gemeinen Unfall muß er diese Beinprothese tragen. Ans Meer oder an die See kam er bisher nie. Seine Eltern haben kein Auto, keine Kraft und keine Lust mit ihm an ein Seeufer zu fahren. Er war schon öfter in einer Rehaklinik, die lagen auch an schönen Orten, aber eben nicht an einem See.

Nun kann er mit einer Pfadfindergruppe an den Bodensee reisen. „Ausgerechnet ein Atheist wie ich, kommt mit Hilfe der Kirche an den Ort seiner Sehnsucht", sagte er den Eltern, die sich mit ihm freuten.

Seine Mutter hatte ihm wetterfeste Kleidung und Gummistiefel besorgt, obwohl er damit gar

nicht laufen kann. Er hatte sich einige Bücher ein-
gesteckt. Sein Vater schenkte ihm ein Fernglas.

Max, der Leiter der Pfadfindergruppe, war mit vier-
undzwanzig der älteste und der Chef. Er studierte Pädagogik und Religion. Schon viermal war er
mit verschiedenen Gruppen am Bodensee. Er half
Eric aus dem Auto, als sie in dem kleinen Ort am
Bodensee ankamen. Die Sonne schien, es war sehr
warm. „Die Luft ist so rein wie eine Sauerstoff-
dusche im Krankenhaus", sagte Eric.

Wolken und die vorbeifahrenden Boote spiegelten sich in den Wellen. Man konnte gleichzeitig nach oben und nach unten sehen. Am ersten Tag durfte er mit den Jungs auf ein Schiff, sie machten einen Ausflug an das gegenüberliegende Ufer. Er hatte keine Angst vor dem Schaukeln. Er genoss das Glitzern, das Plätschern und Schlürfen der Wellen. Das Licht ist auf dem Wasser um vieles heller als an Land. Es ist eben ein riesiger Spiegel.

Am anderen Tag war das Wetter umgeschlagen und der See zeigte sich von einer ganz anderen Seite. Wie ein launischer Mensch war er einmal friedlich und schön, mal aufbrausend und bedrohlich.

Nach dem Sturm in der Nacht war der Strand verwildert. Im Sand stapelten sich Hölzer und abgerissene Gräser zu merkwürdigen Objekten. Auch Abfälle waren darin verfangen, meist Plastikmüll, zerrissene Netze, gelbleuchtende Plastiktuben.

Die Pfadfinderjungs sammelten die Abfälle in großen Netzen und trugen sie zu einer Sammelstelle. Eric wollte ihnen helfen, aber seine Prothese blieb immer wieder im Sand stecken. Daher hatten einige Jungs ihm so eine Art Trage gebastelt. Nun schleppten sie ihn morgens an den Strand, setzen ihn auf einen Stuhl und schleppen die merkwürdigsten Fundstücke zu ihm: Muscheln, Schneckenhäuser, Federn verschiedener Vögel, Steine, vom Wasser gewaschene Stöcke mit merkwürdigen Astlöchern, die aussahen wie Schlangen. „Was soll ich damit?" fragte er, „ich bin zwar behindert, aber kein Kind."

Da ließen die Jungs ihn allein, nach einer Weile kamen sie wieder mit einem großen Bootswrack. Der Name des Bootes war noch zu erkennen: „Atlantis". Sie lachten, als sie es ihm zeigten. „Wir werden es einem Historiker zeigen, Atlantis liegt im Bodensee."

„Die Wellen geben und nehmen, wie ein gefräßiges Tier", überlegte Eric.

Max lief mit einem Drachen an ihm vorbei. „Willst du ihn mal halten", fragte er. Ein Ball traf ihn am Kopf.

Eric hatte den Jungs von einer Begegnung mit einem Ungeheuer erzählt, natürlich war es reine Phantasie, aber die Jungs glauben nun mal gern daran. Der Jüngste war erst elf Jahre alt.

Bei schönem Wetter tobten sie sich im Schwimmbad aus, auf den Rutschen und im Wasser. Weil Eric nicht schwimmen kann, setzten sie ihn an den Rand des Nichtschwimmerbeckens, doch das machte ihm keine Freude. Er wollte lieber am See sitzen und Libellen beobachten. Max hatte ihn am Rücken mit Sonnenmilch eingecremt und einen Hut für ihn besorgt. Zum Glück fanden sie auch einen schattigen Platz. An einem Tag hatte er zehn verschiedene Libellenarten gezählt und mit dem Handy fotografiert. Er fotografierte Schmetterlinge, springende Fische, schnatternde Mädchen und Enten, Luftballons, die sich im Schilf verfangen hatten. „Beim Abendessen fragte einer der Jungs: „Hast du wieder ein Ungeheuer gesehen?"

„Klar", sagte er, eine riesige blaue Libelle, so groß wie eine Seejungfrau. Sie kam gerade vom FKK-Strand und suchte ihre Kleider." Die Jungs lachten." Aber warum war sie ein Ungeheuer für dich?", wollte Max wissen. „Na, weil sie aussah wie ich, uralt." Niemand traute sich zu lachen.

Am anderen Abend wollten die Jungs am Strand Ballspielen gehen.

Er saß am Fenster des Aufenthaltsraums der Pension. Von hier oben hat man einen fantastischen Blick auf den See. Man kann die größeren Schiffe durch ein Fernglas deutlich sehen. Manchmal glaubte er, winkende Menschen zu sehen. Es war Vollmond.

Im Radio lief eine Sendung mit langweiliger klassischer Musik. Er sah, wie die Jungs zum Strand liefen, sie wollten im Mondlicht Ballspielen.

Eric knurrte vor sich hin: „Meine Schuld, so behindert zu sein, warum war ich nicht vorsichtig genug und bin auf die Straßenbahnschienen gerutscht? War jemand anderes schuld?"

An seinem Körper fühlt er etwas Kühles. Bin ich ins Wasser gefallen? Er sieht tausende Tropfen glitzern, Wassertropfen oder sind es Perlen, sie schillern in allen Farben, Perlmutt. Nein, sie sind nicht rund, sondern eckig, sie kratzen an den Handflächen, jetzt sieht er es, es sind Fischschuppen. Dann kann ich doch schwimmen. „Ich will ins Wasser", hörte er sich rufen und erwachte.

An der Tür klopfte es. „Hallo bist du da drin", rief Max und trat ein. Er machte kein Licht an, stellte nur das Radio leiser. Das Mondlicht warf bizarre Schatten an die Decke. „Tanzen da Gestalten oder sind das die Schatten von Flügeln", rief Eric. Draußen schrieen Möwen. Max hatte eine Decke mitgebracht, er legte sie Eric um die Schultern. „Hast du schon etwas entdeckt, ein Monster vielleicht?"

Eric schüttelte den Kopf. „Es tut mir leid, dass ich es dir heute erst sage, aber glaube mir, ich habe alles versucht", räusperte sich Max. Seine Stimme klang belegt. „Die Jungs hatten Angst, dich heute Nacht mit zum Strand zu nehmen. Sie spielen gerne Abenteuer und verstecken sich. Es hätte dir doch etwas passieren können so im Dunkeln am Wasser. Darum haben sie dich nicht mitnehmen wollen. Vielleicht sollten wir jetzt lieber schlafen gehen. Morgen Abend wollen wir doch zu der Aufführung nach Bregenz fahren. Es ist gemein, was du täglich erleben musst. Barrierefreiheit ist in Europa noch ein Fremdwort." Er klopfte Eric auf die Schulter.

„Ich geh ins Bett, kann ich dir noch etwas besorgen oder dir irgendwie helfen?" Eric schüttelte den Kopf, die Worte blieben ihm im Hals stecken. Max war schon an der Tür, kam aber zurück, nahm sich einen Stuhl und setzte sich neben ihn. Beide schauten stumm auf das Wasser, in dem sich der Mond spiegelte. „Es ist ein gewaltiges Lichtermeer, Wasser ist die Seele der Welt, ich möchte gerne hineintauchen und für immer dort bleiben", sagte Eric.

Er drehte seinen Kopf in Richtung Max, dem der Mond ins Gesicht leuchtete. Er sah, dass er lächelte. Sonst war er immer ernst. „Daran habe ich eben auch gedacht, aber hier oben, in unserer Welt, passiert so viel Interessantes, da sollten wir besser noch bleiben."

Die beiden saßen noch lange am Fenster und beobachteten das Spiel des Mondlichts in den Wellen, schließlich begann es zu dämmern. Die Nacht

verabschiedete sich, kein Monster oder Klabauter-
mann war aufgetaucht, aber die Sonne spiegelte
sich schon in der glatten See. „Heute", sagte Max,
„miete ich uns ein Boot und dann fahren wir am
FKK-Strand vorbei. Wenn wir Glück haben, ent-
decken wir im Wasser eine hübsche Seejungfrau.
Aber wir dürfen sie nicht erschrecken, sonst ver-
schwindet sie im Schilf."

Eric war nicht mehr müde, er war froh, wie
schon lange nicht mehr.

Er hatte den See in verschiedenem Licht gesehen, und er hatte einen Freund gefunden. Und
heute Nacht träumte er sicher von Johanna.

Eric träumt

Drüben, hinter dem Berg des gegenüberlegenden Ufers dämmerte es schon, als die beiden Jungs beschließen, ins Bett zu gehen.

Eric träumte tatsächlich von Johanna. Im Traum sieht er sie ganz deutlich.

Sie hält eine Brosche in der Hand, die sie gerade aus einem Kästchen genommen hat. „Es ist ein Geschenk von Eric, wo steckt denn der Kerl? Schickt mir einfach so ein Geschenk, nachdem ich seit zehn Jahren nichts mehr von ihm gehört habe."

Auf der Brosche befinden sich lauter kleine Perlen. „Er schreibt , dass es ganz alte Süßwasserperlen aus dem Bodensee sind", ruft Johanna ihrer Mutter zu. „Stell dir vor, bei uns in Deutschland gab es mal Perlen in den Flüssen und Seen. Die ganze Umweltverschmutung hat die Muscheln kaputt gemacht. Es dauert fast ein Menschenleben, bis in einer Muschel eine Perle herangereift ist. Heute züchtet man die Muscheln und die Perlen. Ist es nicht aber ein Wunder, wenn die Natur so schöne Dinge von allein wachsen lässt?"

Johannas Mutter schaut nachdenklich. „Du bist mir doch nicht böse, wenn ich dein Mandolinenspiel nicht verstehe? Ich glaube, es war falsch von Vater und mir, deine musikalische Begabung nicht gefördert zu haben. Du bist wie so eine Perle – eine, die lange braucht, um zu reifen."

Eric erwachte erst spät, die Frühstückszeit war schon lange vorbei. Max klopfte an seiner Tür. „Hast du auch verpennt? Dann lass uns gleich zum Mittagessen gehen und danach zum Strand." Eric schnallte seine Beinprothese an und schüttelte den Kopf. „Ich gehe Geschäftebummeln, denn ich brauche ein besonderes Geschenk. Weißt du, wo es hier einen Antiquitäten- oder Trödelladen oder Schmuckhändler gibt?"

Danksagung

Ich danke Karin Fellner aus München, die mir seit Jahren als Lektorin zur Seite steht.

Meiner Malfreundin Maria Ganser danke ich für die vielen schönen Bilder.

Danke auch an Ralf Wolf, der mit viel Geduld meine Bücher gestaltet.

Mit Hilfe der Bilder könnt ihr vielleicht diese Geschichte gut nachspüren.

Spüren ist das richtige Wort für fühlen! Fühlen ist genauso wichtig wie Verstehen.